LUCKY LUKE

Eine Woche Wilder Westen

ZEICHNUNGEN: MORRIS
TEXT: RENÉ GOSCINNY

EGMONT · BERLIN

Was die vielen Freunde der deutschsprachigen Abenteuer von Lucky Luke
schon immer wissen wollten ...

Das erste bei Egmont Ehapa erschienene Album des lonesome Cowboy trägt die Nummer 15. Gibt es etwa 14 davor publizierte, mittlerweile nicht mehr lieferbare Bände? Die Antwort ist: Nein! Bis zum Jahre 1978 erschienen in nicht chronologischer Reihenfolge insgesamt 14 Abenteuer im Programm des Koralle-Verlags. Als Morris sich entschlossen hatte, die Rechte für alle weiteren Bände an Egmont Ehapa zu vergeben, musste der Verlag seine neuen Titel mit der Nummerierung 15 beginnen lassen, um Missverständnisse gegenüber den damals noch erhältlichen bisherigen Titeln zu vermeiden. Als die Verträge für diese 14 Bände schließlich ausgelaufen waren, konnte Egmont Ehapa sie nach und nach allesamt in seine Reihe integrieren.

Wer wissen will, um welche Abenteuer es sich handelt, findet hier die detaillierte Aufstellung:

Band 1 Dicke Luft in Dalton City entspricht Band 36 Dalton City
Band 2 Lucky Luke und der Kopfgeldjäger entspricht Band 43 Der Kopfgeldjäger
Band 3 Lucky Luke und der Großfürst entspricht Band 46 Der Großfürst
Band 4 Rächer der Enterbten entspricht Band 38 Jesse James
Band 5 Die verrückte Erbschaft entspricht Band 53 Die Erbschaft von Rantanplan
Band 6 Heiße Hits aus Mexiko entspricht Band 28 Tortillas für die Daltons
Band 7 Ma Daltons saubere Früchtchen entspricht Band 47 Ma Dalton
Band 8 Lucky Luke und der weiße Reiter entspricht Band 50 Der weiße Kavalier
Band 9 Die Geisterstadt entspricht Band 64 Goldrausch
Band 10 Die Daltons werden kuriert entspricht Band 54 Die Daltons und der Psycho-Doc
Band 11 Eine Woche Wilder Westen entspricht Band 66 Eine Woche Wilder Westen
Band 12 Western Circus entspricht Band 62 Western Circus
Band 13 Apachen-Canyon entspricht Band 61 Der Apachen-Canyon
Band 14 Der Kaiser von Amerika entspricht Band 57 Der Kaiser von Amerika

„Lucky Luke – Eine Woche Wilder Westen“
Zeichnungen: Morris
Text: René Goscinny
Aus dem Französischen von Gudrun Penndorf M.A.
Deutsche Textbearbeitung: Adolf Kabatek
Originaltitel: „7 histoires complètes“

Nachdruck 2024
EGMONT EHAPA MEDIA GMBH, Berlin
Egmont Verlagsgesellschaften mbH, Berlin
Verantwortlicher Redakteur: Wolf Stegmaier
Produktmarketing: Jana Rahders
Herstellung: Virginia Illner

Printed in the EU
ISBN der gebundenen Ausgabe: 978-3-7704-3462-6

INHALT

Der Desperado mit dem Milchzahn

PENG!
HE, FREMDER, SIE HABEN MEINEN KARABINER DEMOLIERT!
BESSER SO ALS UMGEKEHRT, ODER?
EIN NAGELNEUER KARABINER, PAPS!
SPASS BEISEITE, JOHNNY! WENN DU BRAV ZUM ZAHNARZT GEHST, KRIEGST DU AUCH WAS GESCHENKT!
TJA, ALSO, ICH WEISS NICHT RECHT, OB...
WIE? SIE DEMOLIEREN MEINEN KARABINER UND JETZT LEHNEN SIE ES AB, MIR DIESEN KLEINEN GEFALLEN ZU TUN?
ABER ICH... GUT, EINVERSTANDEN!
YEAH! EINEN NEUEN KARABINER!
LOS, KOMM JETZT!
DIE ADRESSE IST DR. SAM SAMUELS, HAUPTSTRASSE.
ICH GEB NACH, WEIL DU BEWAFFNET BIST, KOJOTE!
2A
WIR TREFFEN UNS DANN IN SLEEPY GULCH, SOBALD ICH DAS HIER REPARIERT HAB!
JOLLY JUMPER! BIST DU VERRÜCKT GEWORDEN?
DANN SOLL ER MICH NICHT AN DEN OHREN ZIEHEN!
SLEEPY GULCH SALOON
HE, BOYS! SEHT EUCH DAS AN! DA KOMMT 'NE KINDERSCHWESTER!
2B

SLEEPY GULCH
SALOON
ALLES KLAR, NANNY?
WART HIER AUF MICH, JOHNNY!
JA, NANNY!
HOHOHO!!
KLOPS!
ICH BIN HEUT NICHT GUT GELAUNT, ALSO SIEH DICH VOR!
PASS AUF, WIE ICH MIT NANNYS UMGEH!
KLOPS!
PENG!
SO, DAS REICHT! AUF JETZT ZUM ZAHNARZT, JOHNNY!

GEHÖRT DAS PAPOOSE DIR?
ÄH, NEIN, EIGENTLICH NICHT!
ER GESAGT, ICH HAB EIN GESICHT AUS GEBACKENEM TON UND DER EINZIGE GUTE INDIANER IST EIN TOTER INDIANER!
DAS IST DER BEGINN EINES INDIANERKRIEGS!
EINEN MOMENT!
ICH HAB LANGSAM GENUG! ICH WEISS NICHT, WAS MICH DAVON ABHÄLT...
UNHOLD! RÜHREN SIE DAS KIND NICHT AN!
ICH BIN DIE VORSITZENDE DES KINDERSCHUTZBUNDES VON SLEEPY GULCH...
4A
... UND ICH WERDE NICHT DULDEN, DASS EIN TRUNKENBOLD AUS DEM SALOON EIN KIND MISSHANDELT!
ABER ICH MISSHANDLE IHN DOCH NICHT! ICH BRING IHN NUR ZUM...
RETTEN SIE MICH, MADAM! RETTEN SIE MICH, FRAU VORSITZENDE DES KINDERSCHUTZBUNDES VON SLEEPY GULCH!
MEIN ARMER KLEINER! KOMM, WIR WERDEN DIESEN UNHOLD DA VERKLAGEN!
HÖREN SIE ZU! ICH SAGTE IHNEN DOCH, DASS ICH DEN JUNGEN IN DIE STADT ZUM...
SHERIFF! HILFE!
STEHEN BLEIBEN, KOJOTE!
★ SHERIFF ★
4B

HÖREN SIE SHERIFF, SIE SCHEINEN DOCH EIN VERNÜNFTIGER MENSCH ZU SEIN! HÖREN SIE NICHT AUF DIE VERRÜCKTE ALTE. DIE...
SHERIFF! DU WEISST, WAS DU ZU TUN HAST!
JA, MAMI!
HÄNDE HOCH, KOJOTE!
LASSEN SIE MICH RAUS! ICH MUSS DAS KLEINE MONSTER DA ZUM ZAHNARZT BRINGEN, UND...
?
ZUM ZAHNARZT? ZU DR. SAMUELS?
EIN PATIENT VON SAMMY?
HÄTTEN SIE DOCH GLEICH SAGEN KÖNNEN! ICH WUSSTE JA NICHT, DASS SIE MEINEM BRUDER EINEN PATEINTEN BRINGEN!
SAMMY IST EIN SEHR GUTER ZAHNARZT. ABER ER HAT SO WENIG PATIENTEN, DER ARME!
SHERIFF! SCHNELL! KOMMEN SIE!
WIR WOLLEN EINE ERKLÄRUNG! MAN HAT UNSEREN BRUDER BELEIDIGT!
SHERIFF
?
?

PENG!
PENG!
PENG!
SCHLUSS JETZT! LASST MICH ENDLICH DAS KLEINE MONSTER ZUM ZAHNARZT BRINGEN UND...
DAS BLEICHGESICHT MÖGE SICH BE-RUHIGEN. DER HÄUPTLING VERSTEHT. ER HAT EBENFALLS EIN PAPOOSE, DAS SICH WEIGERT, ZUM MEDIZINMANN ZU GEHEN! DER HÄUPTLING ZIEHT WIEDER AB!
TON-GESICHT! PRÄRIE-HUND!
SEI STILL JOHNNY!
SEI STILL JOHNNY!
SEI STILL JOHNNY!
SPÄTER...
SAM SAMUELS ZAHNARZT
AUAAAAAA!
SEI STILL ODER ICH SCHLAG DICH BEWUSSTLOS!
NA, HAT'S WEH GETAN?
NEIN!
ALLES GUT GEGANGEN, JOHNNY?
JA, PAPS! ICH WAR GANZ LIEB!
DA HAST DU DEIN GESCHENK!
ICH DENK, ICH HAB AUCH WAS VERDIENT! ICH WURDE VERSPOTTET, GESCHLAGEN, EINGE-SPERRT, VON INDIANERN ANGEGRIFFEN...
I'M A POOR LONESOME COWBOY, AND A LONG LONG WAY FROM HOME...
Ende
MORRIS + GOSCINNY

Gastfreundschaft im Wilden Westen

OH, SIE HABEN EINE FEIER! DA WILL ICH LIEBER NICHT STÖREN!
ABER NEIN, NICHT DOCH! NUR EIN KLEINES FAMILIENFEST... WIR HABEN UNSERE NACHBARN EINGELADEN, DIE BLASTONS. UND WIR SIND DIE FLAHERTYS!
ER KANN UNS EINEN KLEINEN GEFALLEN TUN, NICHT WAHR, WILL BLASTON? ER HILFT UNS, DIE KÖNIGIN DES ABENDS ZU KÜREN!
ES IST NUR, ICH BIN MÜDE UND...
JIM FLAHERTY HAT RECHT, AUSSERDEM DAUERT ES NUR EINEN AUGENBLICK...
HIER SIND DIE KANDIDATINNEN: LAURA FLAHERTY, MEINE TOCHTER...
UND REBECCA BLASTON, MEIN TÖCHTERCHEN...
STELLEN SIE SICH VOR, WIR HABEN GEWÄHLT UND BEIDE HABEN DIE GLEICHE ANZAHL VON STIMMEN BEKOMMEN!
DER ZUFALL WILL'S, DASS GENAU SO VIELE FLAHERTYS WIE BLASTONS ANWESEND SIND!
MAN MUSS ZUGEBEN, DASS DIE FLAHERTYS MEHR SINN FÜR DIE FAMILIE ALS FÜR DIE SCHÖNHEIT HABEN! HIHI!
WAS SOLL DAS WIEDER HEISSEN!
DAS SOLL HEISSEN, DASS HIER ZU VIELE FLAHERTYS SIND, UM UNPARTEIISCHE WAHLEN ABZUHALTEN!
GUT, NA SCHÖN, ENTSCHULDIGEN SIE DIE STÖRUNG, ABER ICH WERD BEI MEINEM PFERD SCHLAFEN, UNTER FREIEM HIMMEL...
NIE IM LEBEN! UND WAS IST MIT DER GASTFREUNDSCHAFT IM WESTEN?
TRADITION BLEIBT TRADITION, FREMDER!
2A
2B

SOBALD WIR ABGESTIMMT HABEN, WERDEN ALLE HIER SCHLAFEN GEHEN.
UND REBECCA WIRD GERECHTIGKEIT WIDERFAHREN!
SIE GEHEN MIR MIT IHRER REBECCA LANGSAM AUF DEN GEIST, BLASTON!
SIE KÖNNEN MICH NICHT EINSCHÜCHTERN, FLAHERTY!
GANZ RUHIG! ICH WÄHL JETZT UND DANACH GEHN ALLE SCHLAFEN, JA?
ALLES KLAR!
NATÜRLICH!
ALLE NOCHMAL NEU WÄHLEN! DIE ANZAHL DER STIMMBERECHTIGTEN IST JETZT UNGERADE! NUN MUSS ES EINE KÖNIGIN GEBEN!
DER KANN EINEN WIRKLICH AUFREGEN MIT SEINER REBECCA, DER KNABE... ICH WERDE FÜR LAURA FLAHERTY STIMMEN!
3A
UND AUSSERDEM IST SIE SCHLIESSLICH DIE TOCHTER MEINES GASTGEBERS!
WERFEN SIE BITTE DEN STIMMZETTEL IN DEN HUT HIER!
HABEN ALLE GEWÄHLT?
JA!
GUT, WIR SCHREITEN ZUR AUSZÄHLUNG! AUF DASS DIE SCHÖNSTE GEWINNE!
O JA, MEIN ARMER FREUND!
!?!
!?!
SCHON WIEDER FÜR BEIDE KANDIDATINNEN DIE GLEICHE STIMMENANZAHL!
BEI EINER STIMMENTHALTUNG!!
3B

BSSSS!
FREMDER!
HM?
ES IST UNFAIR, EINEN WEISSEN STIMMZETTEL ABZUGEBEN!
SIE MISSBRAUCHEN UNSERE GASTFREUNDSCHAFT!
ABER ICH HAB GEWÄHLT! ICH SCHWÖR'S!
DANN HANDELT ES SICH UM EINEN IRRTUM.
WIR MÜSSEN NOCH MAL WÄHLEN.
AH, NEIN! MIR REICHT'S! ICH SCHLAF JETZT DRAUSSEN BEI MEINEM PFERD!
SARAH! MEIN GEWEHR!
HIER, JIM! ABER PASS AUF DEN KRONLEUCHTER AUF!
STEHEN BLEIBEN, FREMDER!
4A
ICH WILL SCHLAFEN! ICH MUSS MORGEN BEI TAGESANBRUCH NACH NOTHING GULCH!
NICHT BEVOR SIE HIER GEMÄSS GEWÄHLT
ORDNUNGSHABEN, FREMDER!
PAPA...
ICH HAB DEN LEEREN ZETTEL ABGEGEBEN!
WIE, JIMMY? DU HAST NICHT FÜR DEINE SCHWESTER GESTIMMT?
I...ICH WOLLTE NICHT RISKIEREN, DASS REBECCA UNTERLIEGT, PAPA!
UND WARUM, DU ÜBERLÄUFER! DU MISTKERL VON BRUDER! WARUM?
HIHIHI...
WEIL ER IN DEN FETTKLOSS VERLIEBT IST! DARUM!
FETTKLOSS?
4B

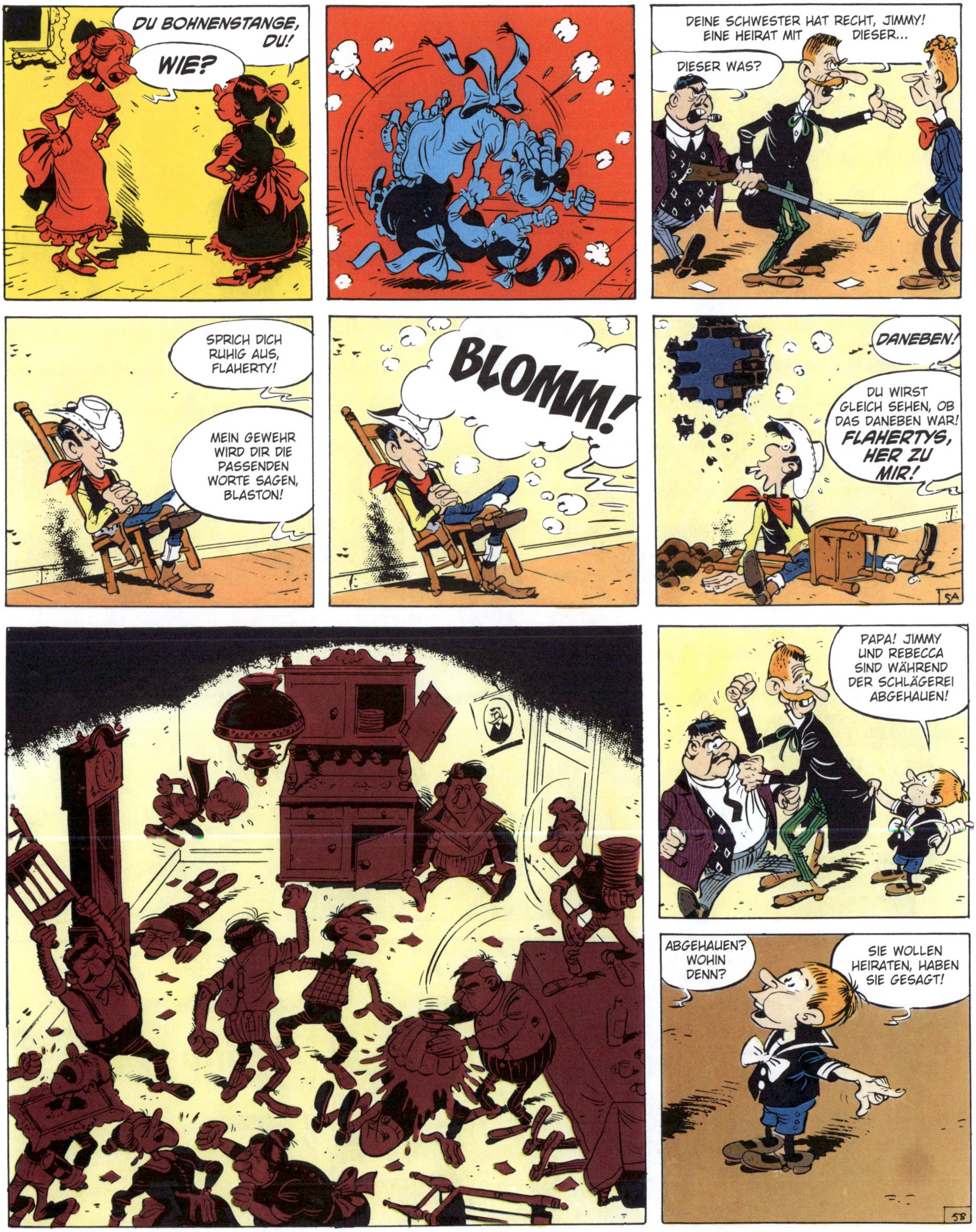
DU BOHNENSTANGE, DU!
WIE?
DEINE SCHWESTER HAT RECHT, JIMMY! EINE HEIRAT MIT DIESER...
DIESER WAS?
SPRICH DICH RUHIG AUS, FLAHERTY!
MEIN GEWEHR WIRD DIR DIE PASSENDEN WORTE SAGEN, BLASTON!
BLOMM!
DANEBEN!
DU WIRST GLEICH SEHEN, OB DAS DANEBEN WAR! FLAHERTYS, HER ZU MIR!
PAPA! JIMMY UND REBECCA SIND WÄHREND DER SCHLÄGEREI ABGEHAUEN!
ABGEHAUEN? WOHIN DENN?
SIE WOLLEN HEIRATEN, HABEN SIE GESAGT!

HEIRATEN???
ANGENEHM!
EBENFALLS! UND DAMIT BLEIBT LAURA DIE EINZIGE KANDIDATIN FÜR DEN TITEL DER KÖNIGIN DES ABENDS!
PAPA... MR. FLAHERTY! ICH MÖCHTE LAURA HEIRATEN!
WILLY!
NA SCHÖN, FREMDER. ENDE GUT, ALLES GUT... ICH GLAUBE, JETZT KÖNNEN WIR UNS ALLE SCHLAFEN LEGEN...
DONNG... DONNG... DONNG... DONNG... DONNG...
ZU SPÄT! ICH MUSS LOS!
NA SCHÖN. FREUT MICH, DASS SIE DIE TRADITIONELLE GASTFREUNDSCHAFT DES WESTENS GENIESSEN KONNTEN!
KOMMEN SIE NÄCHSTES JAHR WIEDER... DANN WERDEN WIR DAS SCHÖNSTE BABY DES ABENDS WÄHLEN!
WACH AUF, DU GLÜCKSPILZ, DIE SONNE GEHT AUF!
ZZZZZ
„I'M A POOR LONESOME COWBOY AND A LONG LONG WAY FROM HOME..."
Ende

MAVERICK

ALS MAVERICK WURDE EIN HERUMSTREUNENDES TIER BEZEICHNET, DAS VOR SEINER HERDE REISSAUS GENOMMEN HATTE, WEIL ES FREI UND UNABHÄNGIG SEIN WOLLTE. EINES DIESER MAVERICKS HATTE EIN MERKWÜRDIGES SCHICKSAL. VERNEHMT HIER SEINE GESCHICHTE...

SAGEN SIE MAL, SIND SIE SO UNGESCHICKT, ODER SIND SIE VÖLLIG VERRÜCKT? DAS KALB HÄTTEN SIE EINFANGEN SOLLEN!
REDEN SIE KEINE UNSINN! ICH HAB IHNEN DAS LEBEN GERETTET!
IHR KALB IST IN APACHENGEBIET EINGEDRUNGEN… UND DIE APACHEN SIND IM AUGENBLICK AUF DEM KRIEGSPFAD!
ICH MUSS DIESES KALB HABEN! ES IST VON MEINER HERDE WEGGELAUFEN! APACHEN ODER NICHT, ICH HOL'S MIR WIEDER!
IHRETWEGEN HAB ICH JETZT MEIN PFERD VERLOREN, ABER EGAL. DANN DAUERT'S EBEN LÄNGER, ABER MEIN KALB KRIEG ICH!
WARTEN SIE!!
O.K., O.K., WENN IHNEN SO VIEL AN DEM KALB LIEGT, DANN WERD ICH'S IHNEN HOLEN, ABER SIE BLEIBEN HIER!
RIECHT'S HIER NACH KALB, JOLLY JUMPER?
HIER RIECHT'S VOR ALLEM NACH APACHEN!
DA IST ES!
MMMUUUHH!

HALT DAGEGEN, JOLLY JUMPER!
SO EIN QUATSCHKOPF!
GNNNNG!
VERSCHWINDEN WIR, BEVOR UNS DIE APACHEN ENTDECKEN... ABER UNAUFFÄLLIG!
HÄNDE HOCH, DU KOJOTE!
EGAL, WER SIE SIND... SCHREIEN SIE NICHT SO! HIER WIMMELT'S NUR SO VON APACHEN!
DAS KALB DA GEHÖRT MIR... DU WEISST, WAS WIR HIER MIT VIEHDIEBEN MACHEN?
PENG!
MACHT KEINEN LÄRM!
RAWSON!
STEIG AB, MURDOCK!
IMMER DIESELBE LEIER! DAS KALB GEHÖRT MIR UND DU WEISST ES, MURDOCK!
NIE IM LEBEN! ES GEHÖRT ZU MEINER HERDE! GERADE WOLLTE ICH IHM MEIN ZEICHEN EINBRENNEN!
BLOSS, WEG HIER! IHRE SCHÜSSE UND IHRE SCHREIEREI HABEN BESTIMMT DIE APACHEN ALARMIERT!

HALT DICH DA RAUS KOJOTE!
MISCHEN SIE SICH DA NICHT EIN, FREMDER!
MIR REICHT'S, MURDOCK! DU HAST NICHTS ANDERES ZU TUN, ALS MIR MEIN VIEH ZU STEHLEN!
LASS DEN REVOLVER FALLEN UND SAG DAS NOCH MAL, WENN DU EIN MANN BIST!
MIR REICHT'S, MURDOCK! DU HAST NICHTS ANDERES ZU TUN, ALS MIR MEIN VIEH ZU STEHLEN!
JETZT REICHT'S MIR ABER BALD! HE, WIR MÜSSEN HIER VERDUFTEN!
PENG!
4A
HÖREN SIE ÜBERHAUPT ZU, WENN ICH REDE?
TSCHACK!
PENG!
MEIN KALB!
NEIN! MEIN KALB!
IN DECKUNG! DIE APACHEN KOMMEN!
4B

PENG!
PENG!
PENG!
PENG!
PENG!
PENG!
PENG!
PENG!
PENG!
UND ICH BIN DER EINZIGE, DER NOCH SEINEN REVOLVER HAT!
PENG!
PENG!
PENG!
ICH MACH EINEN AUSFALL!
AUSFALL? WAS FÄLLT IHNEN EIN!
ICH MUSS MEIN KALB WIEDER HABEN!
ES IST MEIN KALB! WERD NICHT AUSFALLEND!
5A
NIEMAND FÄLLT HIER EIN NOCH AUS! MIR REICHT'S JETZT MIT DIESEM KALB! WAS IST DENN AN DIESEM KALB SO BESONDERES DRAN?
MURDOCK IST MEIN NACHBAR. WIR SIND BEIDE VIEHZÜCHTER...
UND RAWSON IST NEIDISCH AUF MICH. DAUERND STIEHLT ER MIR VIEH, UM EIN PAAR RINDER MEHR ZU HABEN ALS ICH!
DU HAST MICH EINMAL ZU VIEL EINEN DIEB GENANNT, MURDOCK!
KLICK!
ANSTATT ZU STREITEN, SOLLTEN SIE LIEBER BETEN! ICH HAB KEINE MUNITION MEHR UND DIE APACHEN GREIFEN AN!
AAA IIIIIIIIIII! HOOKA HOOKA HEY!
5B

TÄTÄRÄ TÄTÄTÄRÄTÄTÄ... TÄRÄTÄTÄ...
DIE KAVALLERIE! WIR SIND GERETTET!
GERADE NOCH RECHTZEITIG... WIE IMMER!
JA, ABER DIESMAL WEGEN DIESES MAVERICKS...
WIR HABEN GESEHEN, WIE ES AUS DEM APACHENGEBIET HERAUSKAM. UND DA ES EIN STÜCK LASSO UM DEN HALS HATTE, DACHTEN WIR, DASS SEIN EIGENTÜMER VIELLEICHT EIN PAAR SCHWIERIGKEITEN HAT...
ES GEHÖRT MIR!
NEIN! MIR!
NA SCHÖN, MEIN HERREN! ICH MÖCHTE SIE GERN WAS FRAGEN!
DIE SCHICKSALHAFTE ROLLE, DIE DIESES KALB IN DIESER SCHLACHT GESPIELT HAT, PRÄDESTINIERT ES ZUM IDEALEN MASKOTTCHEN FÜR DIE 18. KAVALLERIE. ÜBERLASSEN SIE ES MIR!
DAS KÖNNEN SIE NICHT ABSCHLAGEN! DAS KALB UND DIE 18. KAVALLERIE HABEN UNS DAS LEBEN GERETTET! AUSSERDEM REGELT DAS IHR PROBLEM!
EINVERSTANDEN!
TUN WIR UNS DOCH ZUSAMMEN UND MACHEN EINE GEMEINSAME HERDE!
UND SO WURDE DER KALBSKOPF FÜR IMMER ZUM EMBLEM DES GLORREICHEN 18. KAVALLERIE-REGIMENTS...
18th CAVALRY
THE FIGHTING MAVERICKS
I'M A POOR LONESOME COWBOY AND A LONG LONG WAY FROM HOME...
ENDE

EIN MANN WIE WYATT EARP

WYATT EARP: SHERIFF UND HERVORRAGENDER SCHÜTZE, DESSEN NAMEN IN DIE GESCHICHTE DES WESTENS EINGEGANGEN IST…

PENG!
HAB ICH GETROFFEN?
?
KOMMT DRAUF AN, WAS SIE TREFFEN WOLLTEN!
?
IST DAS BLEICHGESICHT KRANK UNTER SEINEM SKALP?
?
OH! 'TSCHULDIGUNG!
DAS BLEICHGESICHT HAT DIE FEDER DES GEFÜRCHTETEN ADLERS ABGESCHOSSEN, OBWOHL DER STAMM VON GEFÜRCHTETEM ADLER FRIEDEN HÄLT!
DAS SCHAFF ICH NIE!
WAS SCHAFFEN SIE NIE?
EIN GUTER SCHÜTZE ZU WERDEN! EIN LEGENDÄRER HELD!
HUGH! WAS IST JETZT MIT DER FEDER VON GEFÜRCHTETEM ADLER?
MEINE VERLOBTE, LOUELLA JINGLE, WILL MICH NICHT HEIRATEN, BEVOR ICH NICHT SHERIFF VON CHESTNUT TOWN BIN! SO WIE WYATT EARP!
WIE SOLL ICH DAS DENN SCHAFFEN, WENN ICH NICHT MAL EINE KUH IN EINEM GANG ERWISCHE? ICH HAB'S JA VERSUCHT!
SCHNIEF!
SCHNIEF!

ABER WENN SIE IHRER VERLOBTEN ERKLÄREN, DASS...
NEIN, NEIN! MISS JINGLE IST EINE GLÜHENDE BEWUNDERERIN VON WYATT EARP! MIT DER IST NICHT ZU REDEN!
HUGH! HÖREN BLEICHGESICHTER ÜBERHAUPT ZU, WENN GEFÜRCHTETER ADLER SEINE STIMME ERHEBT?
O JA, BLEICHGESICHTER SIND KRANK UNTER IHREM SKALP! GEFÜRCHTETER ADLER GEHT WOANDERS JAGEN!
O.K.! GUT, DANN ÜBEN SIE MAL SCHÖN WEITER, ABER WARTEN SIE, BIS GEFÜRCHTETER ADLER UND ICH AUSSER REICHWEITE SIND!
NEIN! GEHN SIE NICHT! HELFEN SIE MIR!
IHNEN HELFEN? WIE DENN?
ICH HAB 'NE IDEE! ICH FORDERE SIE VOR MISS JINGLE ZU EINEM DUELL HERAUS UND BESIEGE SIE!
SONST NOCH WAS?
ICH ZIEL NATÜRLICH DANEBEN! ICH WILL AUCH GERN DAFÜR WAS BEZAHLEN!
NA SCHÖN, DANN EBEN NICHT! DA BLEIBT MIR NUR EIN AUSWEG! ICH LIEBE MISS JINGLE, OHNE SIE KANN ICH NICHT LEBEN!
PENG!
DANEBEN!
O.K., O.K.! ICH HELF IHNEN! ABER MACHEN WIR SCHNELL!

ALSO, TREFFPUNKT IN EINER STUNDE IN DER HAUPTSTRASSE VON CHESTNUT TOWN! ICH WERDE MIT MISS JINGLE DORT SEIN!
ICH WERDE SIE BESCHULDIGEN, SIE BELEIDIGT ZU HABEN UND FORDERE SIE ZU EINEM DUELL HERAUS! O.K.?
O.K., ABER ZIELEN SIE NICHT DANEBEN! ZIELEN SIE AUF MICH! DAS IST SICHERER!
SPÄTER, IN DER HAUPTSTRASSE VON CHESTNUT TOWN...
BELEIDIGEN... BELEIDIGEN... WAS KANN ICH NUR MACHEN, UM SIE ZU BELEIDIGEN!
AHA, DA SIND SIE!
4A
ÄH... MISS... SIE SIND... ÄHEM... SIE SIND SEHR HÜBSCH!
?
LUCKY LUKE! SIE SIND DOCH LUCKY LUKE?
ABER ICH...
OH, LEROY! DAS IST LUCKY LUKE! EIN ZWEITER WYATT EARP! ACH, WÄRST DU DOCH BLOSS SO WIE ER!
LUCKY LUKE?
JETZT REICHT'S MIR LANGSAM MIT DIESEN WYATT EARPS UND LUCKY LUKES! ICH WERD DIR BEWEISEN, DASS ICH MICH MIT SOLCHEN BLÖDMÄNNERN MESSEN KANN!
4B

WIR DUELLIEREN UNS! ABER IN ECHT!
NEIN, LEROY! NEIN! ER WIRD DICH TÖTEN! DAS IST LUCKY LUKE! ER ZIEHT SCHNELLER ALS SEIN SCHATTEN!
BERUHIGE DICH, COWBOY!
NICHTS DA! MIR REICHT'S MIT DIESEN LEGENDÄREN HELDEN!!
DOCH INZWISCHEN EREIGNEN SICH ANDERE DRAMATISCHE VORFÄLLE IN CHESTNUT TOWN...
TEXAS KILLER!
NA GUT! TRETEN SIE ZUR SEITE, MISS!
OH, LUCKY LUKE! HABEN SIE ERBARMEN MIT IHM!
KEIN ERBARMEN!
O.K., LEROY! SIE HABEN'S SO GEWOLLT!
5A
HOPPLA!
5B

PENG! PENG! PENG!
PENG!
PENG!
PENG!
DAS IST JA PHANTASTISCH! WER WAR DAS?
BANK
?
?
?
GLATT UMGELEGT! ER HAT IHN GLATT UMGELEGT!
!
DER BERÜCHTIGTE TEXAS KILLER WOLLTE GERADE DIE BANK ÜBERFALLEN! ER WURDE ERSCHOSSEN, ALS ER FLIEHEN WOLLTE!
IHR PLAN HAT GEKLAPPT, LEROY! HAT MICH GEFREUT, MIT IHNEN ZUSAMMENZUARBEITEN!
MEIN PLAN?
SIE HABEN MIT LEROY ZUSAMMENGEARBEITET?
KRAFT DES MIR ÜBERTRAGENEN AMTES ERNENNE ICH SIE HIERMIT ZUM SHERIFF VON CHESTNUT TOWN!
?
OH LEROY! MEIN GROSSER HELD!
... SO GESCHAH ES, DASS LEROY BLASTWATER DER LEGENDÄRE SHERIFF VON CHESTNUT TOWN WURDE, EINER STADT, DIE VON DESPERADOS FÜRDERHIN GEMIEDEN WURDE...
CHESTNUT TOWN
DESPERADO, HIER FINDEST DU DIE EWIGE RUH!
DA NICHT HIN, BART! DER SHERIFF DORT HAT TEXAS KILLER ABGEKALLT!
I'M A POOR LONESOME COWBOY AND A LONG LONG WAY FROM HOME ...
ENDE

DER FLIEGENDE HÄNDLER
$3.95
DER FLIEGENDE HÄNDLER WAR EINE TYPISCHE FIGUR DES WILDEN WESTENS. DIE UNZÄHLIGEN SCHÄTZE, DIE SICH UNTER DER PLANE SEINES WAGENS VERBARGEN, BRACHTEN DEN EINSAMEN PIONIEREN IN DEN UNERMESSLICHEN WEITEN DER PRÄRIE EINEN ANFLUG VON ZIVILISATION…
W. FLATSHOE WAREN & STOFFE
HÜ! GRAUER! HÜ!
WAS DARF'S DENN SEIN, MEINE HERREN? SÜSSIGKEITEN? GESCHIRR? BIBELN?
NICHTS DA, WIR WOLLEN DEINE KNETE!
MEINE KNETE?
NA JA, DEINEN TEIG*, DEINEN SALAT*!
NA JA, DEINEN KOHL*!
* AMERIKANISCHER SLANG FÜR „KNETE", „KOHLE", „ASCHE", KURZ: „DEINE MÄUSE!"
ICH HAB SEHR SCHÖNEN SALAT DA UND AUCH KOHL! ABER WAS DEN TEIG ANGEHT, DEN MÜSSEN SIE SICH SELBER ANRÜHREN! DAS MEHL DAZU KANN ICH IHNEN GERN LIEFERN, EBENSO DIE EIER UND DIE HEFE!
DER MACHT SICH WOHL ÜBER UNS LUSTIG, WIE?
WARTE! DEM SOLL SEIN SINN FÜR HUMOR VERGEHN!
PENG!
MIR SCHEINT, SIE HABEN PROBLEME, HANDELSMANN!

JA... DIE GEGEND IST MANCHMAL NICHT UNGEFÄHRLICH! WIE KANN ICH IHNEN DANKEN, MISTER... MISTER...
LUKE. LUCKY LUKE.
SHOE
TOFFE
DARF ICH IHNEN EINEN NEUEN SATTEL VEREHREN? EINE FLASCHE BURGUNDER AUS CHICAGO? EIN KLEID FÜR MISSIS LUKE?
ALLES, WAS ICH BRAUCHE, IST EIN WENIG RUHE, MR. FLATSHOE, DER TAG WAR LANG!
DANN LAD ICH SIE ZUM ABENDESSEN EIN!
ICH HABE DIE ALLEINVERTRETUNG FÜR DIESE KLAPPMÖBEL! SEHR PRAKTISCH!
???
DAS WAR KÖSTLICH! WENN SIE GESTATTEN, LEGE ICH MICH JETZT AUFS OHR!
WARTEN SIE! ICH HAB IHNEN IM HANDUMDREHEN EIN NACHTLAGER BEREITET!
EIN HANDUMDREHEN SPÄTER...
DIESE ZELTE SIND SEHR KOMFORTABEL! GUTE NACHT, MR. LUKE! ICH SCHLAFE DA IN MEINEM WAGEN!
!
GUTE NACHT, JOLLY JUMPER!
GUTE NACHT, GRAUER!
AM NÄCHSTEN MORGEN...
DRINNNNNNG!
$2.95

WO FAHREN SIE JETZT HIN?
RICHTUNG WESTEN! DAS IST MEIN GEBIET!
MEINS AUCH! WENN'S IHNEN RECHT IST, KÖNNEN WIR EIN STÜCK WEGS GEMEINSAM ZIEHN!
ICH WEISS IHRE ESKORTE ZU MEINER SICHERHEIT ZU SCHÄTZEN, MR. LUKE! ICH BIN EIN FRIEDFERTIGER HÄNDLER UND TAUGE NICHT ZU SCHLÄGEREIEN!
OH, ICH GLAUB NICHT, DASS WIR WAS ZU BEFÜRCHTEN HABEN. DIE INDIANER HIER IN DER GEGEND HABEN DAS KRIEGSBEIL BEGRABEN!
3A
TSCHACK!
W. FL
WAREN
DIE INDIANER! WAGENBURG BAUEN!!
WAGENBURG? WIE DAS?
ACH JA... 'TSCHULDIGUNG! MACHT DER GEWOHNHEIT!
3B

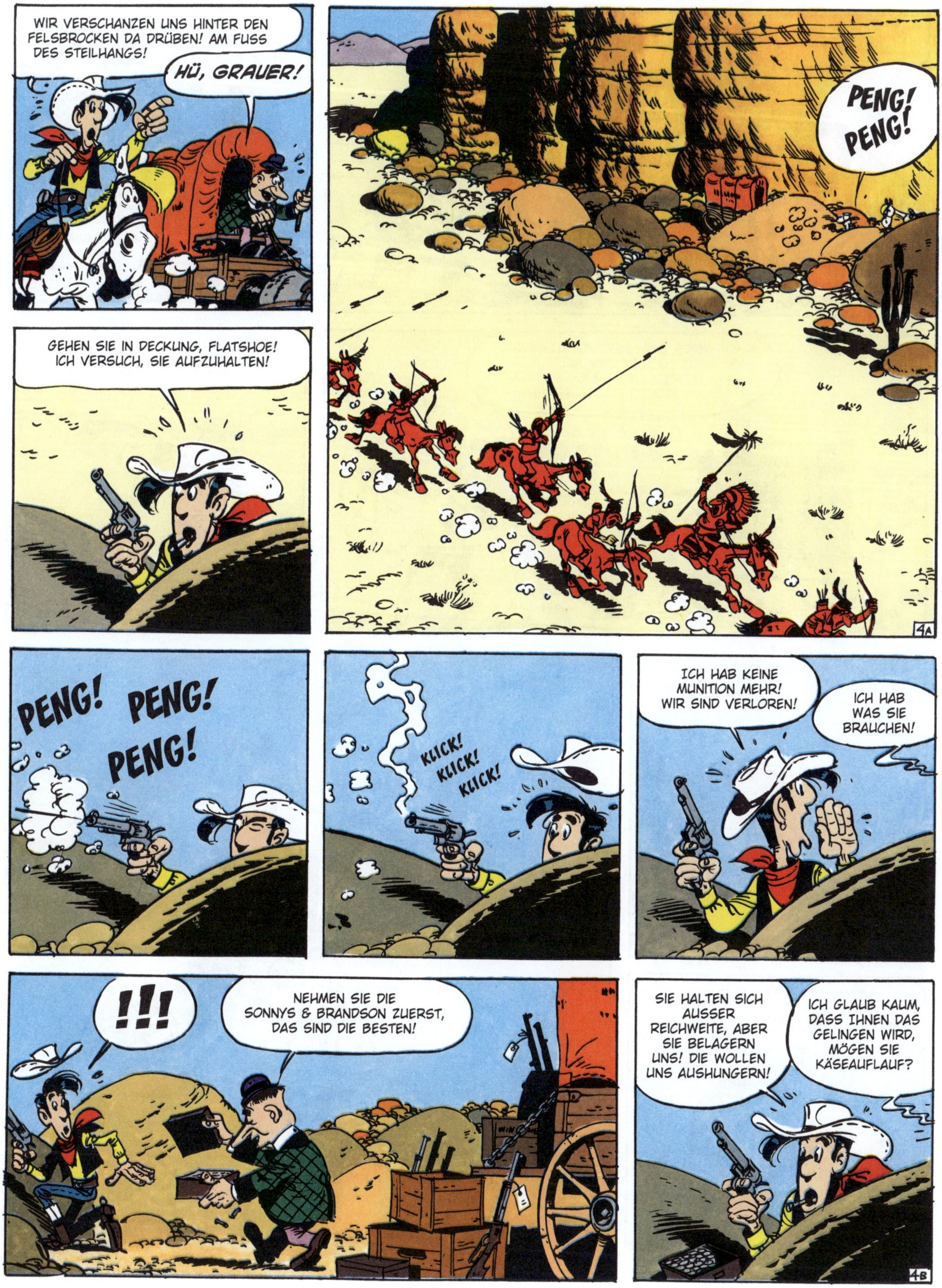
WIR VERSCHANZEN UNS HINTER DEN FELSBROCKEN DA DRÜBEN! AM FUSS DES STEILHANGS!
HÜ, GRAUER!
PENG! PENG!
GEHEN SIE IN DECKUNG, FLATSHOE! ICH VERSUCH, SIE AUFZUHALTEN!
4A
PENG! PENG! PENG!
KLICK! KLICK! KLICK!
ICH HAB KEINE MUNITION MEHR! WIR SIND VERLOREN!
ICH HAB WAS SIE BRAUCHEN!
!!!
NEHMEN SIE DIE SONNYS & BRANDSON ZUERST, DAS SIND DIE BESTEN!
SIE HALTEN SICH AUSSER REICHWEITE, ABER SIE BELAGERN UNS! DIE WOLLEN UNS AUSHUNGERN!
ICH GLAUB KAUM, DASS IHNEN DAS GELINGEN WIRD, MÖGEN SIE KÄSEAUFLAUF?
4B

WIR HABEN GENUG, UM EINE WEILE STAND ZU HALTEN, WISSEN SIE!
DARAN ZWEIFLE ICH NICHT! ABER WENN ICH DIE KAVALLERIE BENACHRICHTIGEN KÖNNTE...
ICH HAB DA EINEN NEUEN ARTIKEL, DER VON NUTZEN SEIN KÖNNTE...
?
SIGNAL-RAKETEN... SOGAR MIT GARANTIE!
MR. FLATSHOE, SIE SIND GOLD WERT! DAMIT KÖNNEN WIR EIN SOS SCHIESSEN!
PSCHSCHSCH!
PSCHSCHSCH!
TARIIII TARAAAA TARIIII...
!
!
JETZT HABEN WIR SIE IN DER ZANGE! ICH WERDE MIT IHNEN VERHANDELN! SIE HABEN NICHT ZUFÄLLIG EIN WEISSES TUCH DA?
WOLLE? BAUMWOLLE? SEIDE?
WAS IST, HÄUPTLING? ICH DACHTE, DIE SIOUX HABEN FRIEDEN GESCHLOSSEN?
DIE SIOUX HABEN DEN VERTRAG UNTERZEICHNET, ABER DIE BLEICHGESICHTER HABEN WIE IMMER EINE GESPALTENE ZUNGE!
TROTZ DES VERTRAGES TÖTEN DIE BLEICHGESICHTER IN UNSEREN JAGDGRÜNDEN BISONHERDEN! DER STAMM DER SIOUX HAT NICHTS MEHR ZU ESSEN!

ER HAT RECHT...
ICH WEISS, ABER AUCH WENN WIR RECHTZEITIG ZUR STELLE SIND, SO SIND WIR NICHT ZAHLREICH GENUG, UM DAS GESINDEL DRAN ZU HINDERN, AUF DEM GEBIET DER SIOUX ZU JAGEN. DER KRIEG IST UNVERMEIDLICH!
SEHR HÜBSCH, DIE SATTEL-DECKE... WO HABEN SIE DIE GEFUNDEN?
NICHT GEFUNDEN! SELBST GEMACHT! SPEZIALITÄT MEINES STAMMES!
INTERESSANT! ICH BIN BEREIT, IHREN VORRAT AUFZUKAUFEN! ABER SIE MÜSSEN MIR DAS ALLEIN-VERKAUFSRECHT FÜR IHRE PRODUKTE EINRÄUMEN!
HAT DAS BLEICHGESICHT AUCH WAS ZUM ZAHLEN?
JA, ICH HABE TEIG ODER SALAT, WAS SIE LIEBER WOLLEN!
HUGH! KOHL!
? ?
ALSO EINVER-STANDEN? 1000 $ CASH, UND DEN REST FIFTY-FIFTY?
48% FÜR DAS BLEICHGESICHT, 52% FÜR DIE SIOUX!
EINVERSTANDEN! 'NE FRIEDENSPFEIFE HAB ICH! SIE HABEN DOCH NICHTS GEGEN VIRGINIA-TABAK?
LIEBER HANDELS-VERTRAG ALS FRIEDENSVERTRAG!
WIR SIND IHNEN ZU GROSSEM DANK VER-PFLICHTET, MR. FLATSHOE!
UND ICH HABE DURCH SIE EIN GUTES GESCHÄFT GEMACHT, MR. LUKE!
WIE SOLL ICH DAS BLOSS IN MEINEM BERICHT DAR-STELLEN?
UND SO HABEN DIE FLIEGENDEN HÄNDLER AUF IHRE WEISE ZUR EROBERUNG DES WESTENS BEIGETRAGEN... BLIEBE NOCH ANZUMERKEN, DASS DAS UNTERNEHMEN FLATSHOE & SONS HEUTE EINE HANDELSKETTE VON 120 GESCHÄFTEN IN DEN VEREINIGTEN STAATEN SOWIE FILIALEN IN PARIS, LONDON UND ROM BESITZT...
I'M A POOR LONESOME COWBOY AND A LONG LONG WAY FROM HOME...
ENDE

Gefährliche Überfahrt

DIE KÜHNEN PIONIERE, DIE ENTSCHLOSSEN WAREN, SICH IM WESTEN ANZUSIEDELN, MUSSTEN ZAHLREICHE HINDERNISSE ÜBERWINDEN. EINES DER SCHWIERIGSTEN DAVON WAR DIE DURCHQUERUNG EINES WILDWASSERS...

EDNA, SEI VERNÜNFTIG! WIR MÜSSEN IN ZEHN TAGEN IN ST. LOUIS SEIN!
ICH HAB EINE IDEE!
MACHT EIN FEUER, UND HOLT WASSER! ICH WERDE AUS DEM INHALT DIESER FÄSSER KUCHEN BACKEN!
DAMIT SIND DIE FÄSSER LEER, OHNE DASS WAS VERGEUDET WIRD!
EDNA IST ZIEMLICH DICKKÖPFIG! MIT DER KANN MAN NICHT DISKUTIEREN!
DIE FÄSSER SIND LEER! IHR KÖNNT SIE HABEN!
ICH HOFFE, DASS WIR SIE NICHT ZU LANGE AUFHALTEN, MISTER...
LUCKY LUKE. NUN JA, WIR HABEN'S ZWAR EILIG, ABER WIR KÖNNEN SIE HIER DOCH NICHT SITZEN LASSEN!
2A
SEHR VIEL SPÄTER...
FERTIG!
PACKT SIE IN DEN WAGEN, ABER ICH SAG'S EUCH GLEICH, SIE SIND ZIEMLICH SCHWER!
ABER MADAM, IHR WAGEN IST VOLL. ZU ÜBERFÜLLT, UM DIESEN FLUSS ZU DURCHQUEREN!
SIE MÜSSEN GEWISSE DINGE ZURÜCKLASSEN!
NICHT MIT MIR!
EDNA, WENN WIR NACH KALIFORNIEN WOLLEN, MÜSSEN WIR BEREIT SEIN, OPFER ZU BRINGEN!
SCHON GUT, SCHON GUT. WIR NEHMEN DIESE KUCHEN NICHT MIT!
2B

WIR ESSEN SIE HIER AUF!
ABER MADAM! ICH ... ICH HAB JETZT KEINEN APPETIT AUF KUCHEN!
DAS NEHM ICH ABER ÜBEL!
HIHI! DAS IST EIN FEHLER, MR. LUKE! EDNA BACKT DIE BESTEN KUCHEN VON GANZ KENTUCKY, HIHIHI!
JOLLY JUMPER, HÖR AUF, VOR LACHEN ZU WIEHERN, UND ISS DEINE PORTION!
KÖSTLICH! JETZT ABER LOS!
ABER ES IST NOCH WAS DA!
TUT MIR LEID, ABER DER WAGEN IST IMMER NOCH ZU SCHWER BELADEN, SIE MÜSSEN SICH DOCH VON EIN PAAR SACHEN TRENNEN!
GUT, GUT... ICH SCHAU, WOVON ICH MICH TRENNEN KANN!
TAPFERE KLEINE FRAU!
ALLES, WOVON ICH MICH TRENNEN KANN, IST DAS BILD VON DEINER MUTTER!
ABER ... MADAM!
NEIN! NEIN! UND NOCHMALS NEIN! MEHR GEB ICH NICHT HER!
KÖNNTE MAN NICHT MEHRERE FUHREN MACHEN?
MEHRERE FUHREN ?!?!
MR. LUKE...
ICH WEISS, ICH WEISS. MIT EDNA KANN MAN NICHT DISKUTIEREN!

ICH HAB DEN EINDRUCK, JETZT VERWECHSELT MICH DER COWBOY MIT EINEM SCHAUKEL-PFERD!
VORSICHT MIT DER VASE! AN DER HÄNG ICH SEHR!
GEHT'S?
ICH FÜHL MICH VER-SCHAUKELT!
EIN SCHRANK ?!?
4A
SECHS FUHREN SPÄTER...
SO, JETZT IST DER WAGEN LEICHT GENUG. NUR KURZ VERSCHNAUFEN, DANN GEHT'S WEITER...
EIN STÜCK KUCHEN ZUR STÄRKUNG?
NEIIIIN!!
BERUHIGE DICH, HONEY! MR. LUKE HAT'S NICHT SO GEMEINT! ER IST NUR EIN BISSCHEN NERVÖS!
TUT MIR SCHRECK-LICH LEID, MADAM!
KNORPS!
MAMPF!
4B

NEHMEN SIE DIE PLANE VON DEM WAGEN! ICH HAB NE IDEE!
ALLES EINSTEIGEN! UND GUT FESTHALTEN!!
HÜÜÜ! GIDDUP! JUCHHUU!
SCHREI NICHT SO, COWBOY! WIRF LIEBER MIT STEINCHEN! DAS MACHT MÜDE MÄHREN MUNTER!
MILTON! ER SCHIESST MIT KÜGELCHEN AUS MEINEM KUCHEN NACH IHNEN!
HÜÜ! HÜÜ! VORWÄRTS!!
WIR SIND DRÜBEN!
WIE SOLLEN WIR IHNEN NUR DANKEN, MR. LUKE?

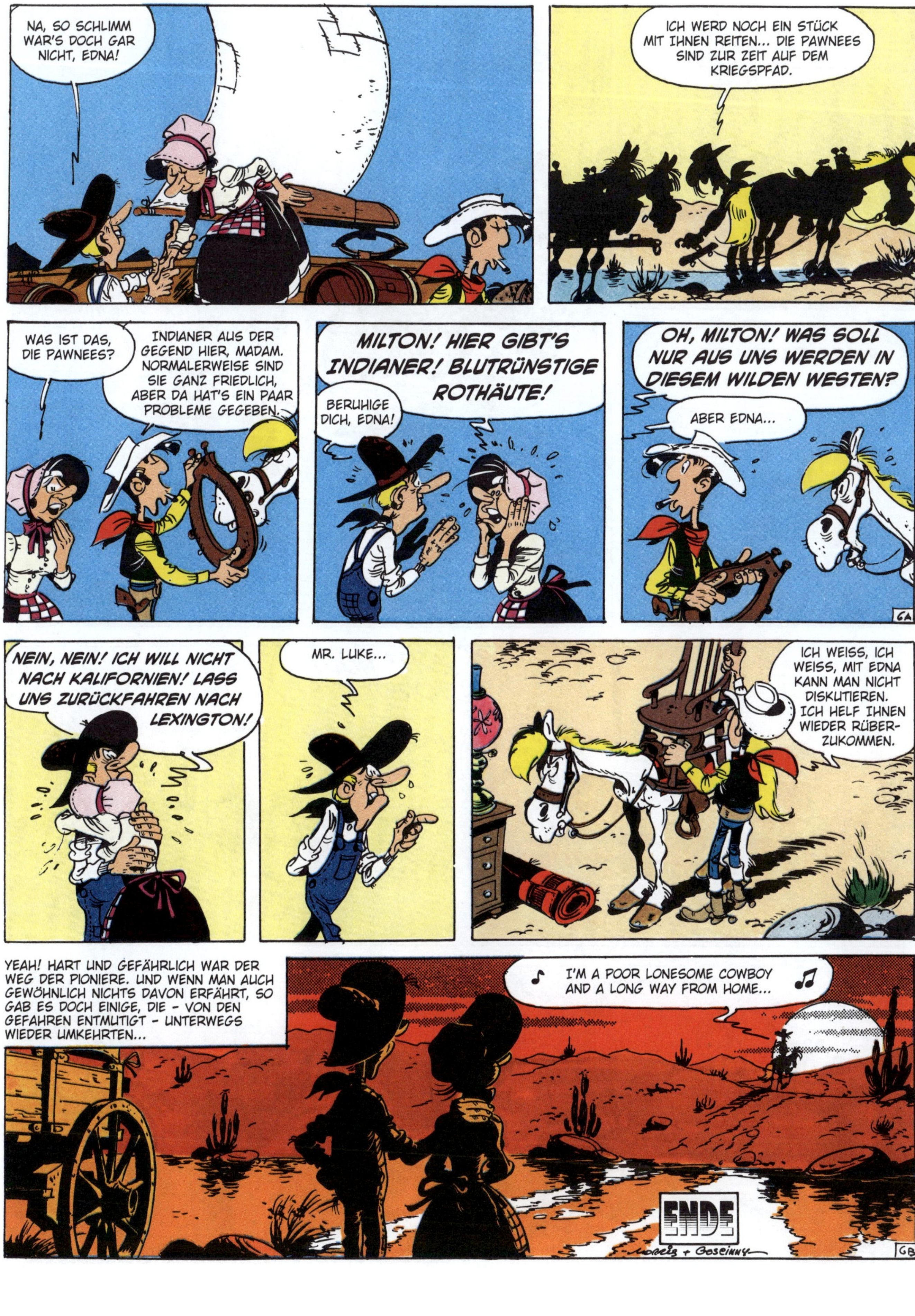
NA, SO SCHLIMM WAR'S DOCH GAR NICHT, EDNA!
ICH WERD NOCH EIN STÜCK MIT IHNEN REITEN... DIE PAWNEES SIND ZUR ZEIT AUF DEM KRIEGSPFAD.
WAS IST DAS, DIE PAWNEES?
INDIANER AUS DER GEGEND HIER, MADAM. NORMALERWEISE SIND SIE GANZ FRIEDLICH, ABER DA HAT'S EIN PAAR PROBLEME GEGEBEN.
MILTON! HIER GIBT'S INDIANER! BLUTRÜNSTIGE ROTHÄUTE!
BERUHIGE DICH, EDNA!
OH, MILTON! WAS SOLL NUR AUS UNS WERDEN IN DIESEM WILDEN WESTEN?
ABER EDNA...
6A
NEIN, NEIN! ICH WILL NICHT NACH KALIFORNIEN! LASS UNS ZURÜCKFAHREN NACH LEXINGTON!
MR. LUKE...
ICH WEISS, ICH WEISS, MIT EDNA KANN MAN NICHT DISKUTIEREN. ICH HELF IHNEN WIEDER RÜBERZUKOMMEN.
YEAH! HART UND GEFÄHRLICH WAR DER WEG DER PIONIERE. UND WENN MAN AUCH GEWÖHNLICH NICHTS DAVON ERFÄHRT, SO GAB ES DOCH EINIGE, DIE - VON DEN GEFAHREN ENTMUTIGT - UNTERWEGS WIEDER UMKEHRTEN...
I'M A POOR LONESOME COWBOY AND A LONG WAY FROM HOME...
ENDE
MORRIS + GOSCINNY
6B

Sonate in Colt-Dur

ZU EINEM RICHTIGEN SALOON, DER ETWAS AUF SICH HIELT, GEHÖRTEN NUN MAL EISIGES BIER, GEPANSCHTER WHISKEY, GEZINKTE KARTEN, GEFÄLSCHTE WÜRFEL, EIN KLAVIER UND DER PIANIST DAZU...

DER MANN AM KLAVIER IM NOTHING-GULCH-SALOON HIESS ROBERT FLAXHAIR. WIE ALLE SEINESGLEICHEN HATTE ER DIE STRIKTE ANWEISUNG, UNUNTERBROCHEN ZU SPIELEN, EGAL, WAS PASSIERTE...

PENG!
EBEN DRUM. ICH HAB VOR EINEM MONAT IN HOUSTON VORGESPIELT... WENN NUR DIE ANTWORT SCHON DA WÄR!
KLOPS!
RUMMS!
FANG!
PENG!
KANNST DU DIR DAS VORSTELLEN, LUCKY? ICH GEB VIELLEICHT EIN KLAVIERKONZERT IM THEATER VON HOUSTON!
ICH DRÜCK DIR DIE DAUMEN, BOB! BIS DANN!
ICH VERLANG JA GAR NICHT VIEL: NUR EINMAL IN EINEM RICHTIGEN KONZERTSAAL MOZART SPIELEN!
AM NÄCHSTEN MORGEN...
LUCKY LUKE! ER IST DA!
WER IST DA?
DER BRIEF! ICH HAB ANTWORT AUS HOUSTON GEKRIEGT!!
EINE ZUSAGE! ICH DARF IM THEATER VON HOUSTON EIN KONZERT GEBEN!
MEINEN GLÜCKWUNSCH, BOB!
DANKE! SAG, KOMMST DU MIT NACH HOUSTON?
WENN DU WILLST, BOB!
ICH MUSS MIR EINEN FRACK MACHEN LASSEN! MAN KANN JA MOZART SCHLIESSLICH NICHT IN HEMDSÄRMELN SPIELEN!
EINIGE TAGE SPÄTER...
WOLFGANG AMADEUS MOZART, LUCKY! ICH DARF WOLFGANG AMADEUS MOZART IN EINEM KONZERTSAAL SPIELEN!
WIR SIND GLEICH IN HOUSTON.
EIN GLÜCK! DIESER MOZART HÄNGT MIR LANGSAM ZU DEN NÜSTERN RAUS!

ZUM THEATER? SEHEN SIE DAS GROSSE GEBÄUDE DORT, AM ENDE DER STRASSE?
DER HERR DIREKTOR ERWARTET SIE BEREITS, MEINE HERREN!
WILLKOMMEN, MEINE HERREN! WIR HABEN SIE BEREITS ERWARTET, MR. FLAXHAIR. SIE SPIELEN HEUTE ABEND VOR AUSVERKAUFTEM HAUS... UNSERE KONZERTSAISON IST EIN VOLLER ERFOLG!
ICH WERDE IHNEN DEN SAAL ZEIGEN UND VOR ALLEM IHREN FLÜGEL, HIHI!
HIHI!
3A
DAS IST IHR FLÜGEL!
DER ... DER IST JA WUNDERVOLL!
YEAH! DA KÖNNTE MAN 'NE MENGE BIERE DRAUFSTELLEN.
ÄH... MR. FLAXHAIR, SIE HABEN DOCH WOHL NOCH ANDERE SACHEN DABEI?
NATÜRLICH! SEIEN SIE UNBESORGT!
DIESER SAAL... DIESER FLÜGEL... ICH HAB ANGST LUCKY!
DU WIRST SICHER VOLL EINSCHLAGEN, BOB! WOLFGANG AMADEUS UND ICH SIND STOLZ AUF DICH!
3B

AM ABEND...
MOZART RECITAL
ROBERT FLAXHAIR
HINTER DEN KULISSEN...
HA...HAST DU DIE VIELEN LEUTE GESEHEN?
TOLL SIEHST DU AUS, BOB!
SIE SIND DRAN, FLAXHAIR!
I...ICH ?!?!
LUCKY, MIR IST NICHT GUT! LASS UNS ZURÜCKREITEN NACH NOTHING GULCH!!
RED KEINEN UNSINN, BOB!
TOI, TOI, TOI!
KLAPP! KLAPP! KLAPP! KLAPP! KLAPP! KLAPP!

WAS HAT ER DENN? WIESO SPIELT ER NICHT?
ER IST WIE GELÄHMT... IST DIE UMGEBUNG... SO WAS IST ER NICHT GEWOHNT!
JA, DA MUSS DOCH WAS GESCHEHEN! DAS IST JA EINE KATASTROPHE!
IN ORDNUNG! ICH WEISS, WAS IHM FEHLT!
KÜNSTLER EINGANG
JOLLY JUMPER! ICH LAD DICH INS KONZERT EIN!
ABER ICH HAB GAR KEINE LUST AUF MUSIK!
BAHN FREI!!
DAS PFERD! GEBEN SIE WENIGSTENS DAS PFERD IN DER GARDEROBE AB!
PENG! PENG!
JUCHHU!

IST DENN DER WAHNSINNIG?!
JIPPIIII !
KLASSE! 'NE SCHLÄGEREI!
GEORGE! DU BLEIBST SITZEN!
AUFHÖREN! AUFHÖREN! DIE POLIZEI! RUFEN SIE DIE POLIZEI! DIE KAVALLERIE!
DAS IST EIN SKANDAL!
HIER NIMM DIES!
GEORGE! BIST DU VERRÜCKT GEWORDEN?
GEFÄLLT MIR GUT, DAS KONZERT!
LOS, BOB! FANG AN!
IM NAMEN DES GESETZES, RUHE!
KLOPS!
FANG!
RUMMS!
GEORGE!
AM NÄCHSTEN MORGEN...
SIE HABEN MICH RAUSGESCHMISSEN, LUCKY! ABER MIT DEINER HILFE HAB ICH EINMAL IM LEBEN MOZART IM KONZERTSAAL GESPIELT!
ICH WUSSTE GAR NICHT, DASS ES BEI EINEM KONZERT SO ZUGEHT!
I'M A POOR LONESOME COWBOY AND A LONG LONG WAY FROM HOME...
NA, DAS IST DOCH WENIGSTENS MUSIK!
Ende
MORRIS + GOSCINNY

Das komplette LUCKY LUKE -Programm

Band 15 Band 16 Band 17 Band 18 Band 19 Band 20 Band 21 Band 22

Band 23 Band 24 Band 25 Band 26 Band 27 Band 28 Band 29 Band 30

Band 31 Band 32 Band 33 Band 34 Band 35 Band 36 Band 37 Band 38

Band 39 Band 40 Band 41 Band 42 Band 43 Band 44 Band 45 Band 46

Band 47 Band 48 Band 49 Band 50 Band 51 Band 52 Band 53 Band 54

Band 55 Band 56 Band 57 Band 58 Band 59 Band 60 Band 61 Band 62

Band 63

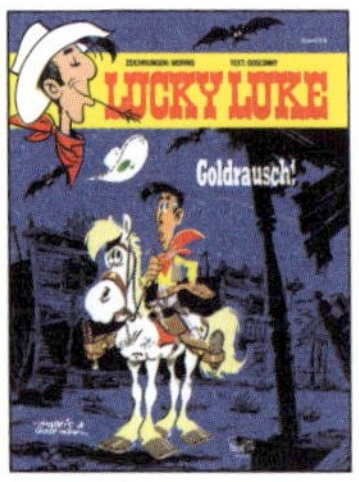

Band 64

Band 65

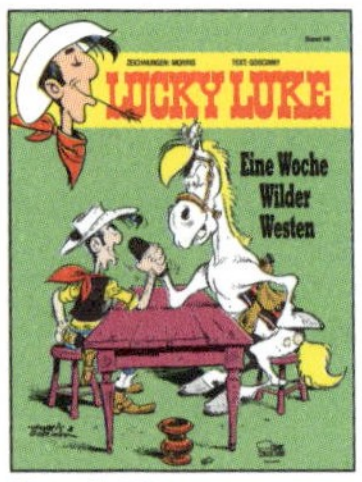

Band 66

Band 67

Band 68

Band 69

Band 70

Band 71

Band 72

Band 73

Band 74

Band 75

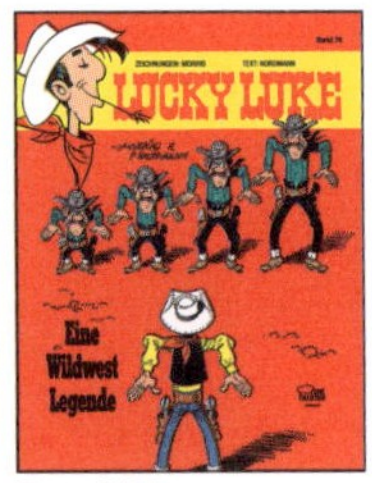

Band 76

Band 77

Band 78

Band 79

Band 80

Band 81

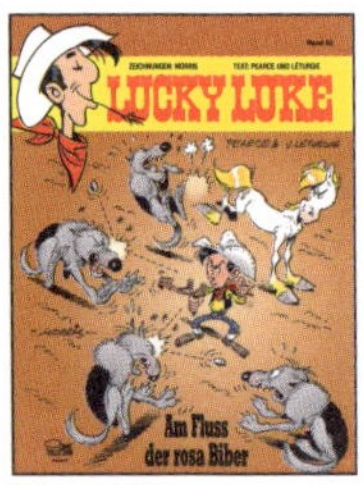

Band 82

Band 83

Band 84

Band 85

Band 86

Band 87

Band 88

Band 89

Band 90

Band 91

Band 92

Band 93

Band 94

Band 95

Band 96

Band 97

Band 98

Band 99

Band 100

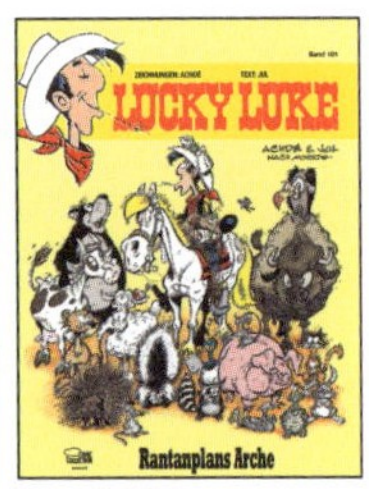

Band 101